ARLEQUIN FRIAND,

COMÉDIE-PARADE

EN UN ACTE, EN PROSE, MÉLÉE DE VAUDEVILLES.

Représentée pour la première fois, sur le Théâtre du VAUDEVILLE, au mois de mai 1793 (vieux style), an deuxième de la République Française.

Prix , 1 liv. 5 sols.

A PARIS,

Chez la Citoyenne TOUBON, Libraire, sous les Galeries du Théâtre de la République, à côté du passage vitré.

1793.

PERSONNAGES.

CASSANDRE, Médecin.
GILLE, Apothicaire.
ARLEQUIN, Poète.
COLOMBINE, fille de Cassandre.
NÉRINE, Servante de Colombine.
UN CLERC DE NOTAIRE.

PROPRIÉTÉ.

ARLEQUIN FRIAND,

COMÉDIE-PARADE

EN UN ACTE, EN PROSE, MÊLÉE DE VAUDEVILLES.

Le théâtre représente la salle à manger de M. Cassandre. On voit sur un côté un buffet.

SCÈNE PREMIÈRE.

CASSANDRE, NÉRINE, COLOMBINE.

CASSANDRE.

AIR *de la Croisée.*

J'AI beau te faire le portrait
De Gille, que chacun révère,
Homme très-savant, homme fait,
Et d'ailleurs mon très-cher confrère.

NÉRINE.

Ce portrait est séduisant; mais
Les filles, monsieur, d'ordinaire,
Préfèrent aux gens déjà faits,
Les jeunes gens à faire.

CASSANDRE.

Tu aimes mieux épouser Arlequin, le plus friand garçon que je connoisse, un petit écervelé?

AIR : *Réveillez-vous, belle endormie.*

Un peu d'esprit, beaucoup de dettes,
Voilà pourtant tout ce qu'il a.

COLOMBINE.

Hélas! combien de gens honnêtes
N'ont que moitié de ce bien là!

Et puis savez-vous qu'il est en passe de faire son chemin? C'est un auteur en titre : vous savez avec quelle noblesse je joue la tragédie sur les théâtres bourgeois? M. Arlequin, qui a des pièces présentées à tous les spectacles, pourra me faire débuter quand elles seront reçues.

CASSANDRE.

Tout cela est bel et bon; mais j'aurois trouvé d'autres avantages avec M. Gille : songe que je suis médecin, et que....

AIR : *Consolez-vous avec les autres.*

Gille sait fort bien son métier :
C'est un fameux apothicaire,
Et chacun, dans notre quartier,
S'applaudit de son savoir faire.
Or, nous nous serions entendus,
Comme l'on fait entre confrères:
Des malades qu'il auroit vus,
J'aurois touché les honoraires.

NÉRINE.

Oui, vous et M. Gille auriez eu votre part dans ce beau marché; mais qu'est-ce qu'il seroit resté à mademoiselle votre fille?

CASSANDRE.

Un bon mari, qui l'auroit soignée en cas de maladie;

NÉRINE.

Et qui l'auroit mise au régime en attendant qu'elle
fût malade.

CASSANDRE.

N'en parlons plus. Puisque tu le veux absolument,
tu épouseras Arlequin.

COLOMBINE.

C'est pour vous obéir, mon père.

CASSANDRE.

Je vais passer chez mon notaire pour faire dresser
les articles.

AIR : *La Boulangère a des écus.*

Nérine, va voir promptement
Si ma jument bai-brune,
Est mise par mon cocher Jean,
A ma demi-fortune.

NÉRINE.
Comment !

CASSANDRE.

A ma demi-fortune.

NÉRINE *en riant.*

Quoi ! ce fiacre de rencontre que vous avez depuis
quelques jours, ça se nomme une demi-fortune ?

CASSANDRE.
Sûrement.

Même air.

Plus d'un médecin fait souvent
Une entière fortune,
En cachant son demi-talent,
Dans la demi-fortune,
   Vraiment,
Dans la demi-fortune.

NÉRINE *riant.*

Votre voiture est prête, monsieur; mais vous devriez au moins faire effacer le numéro. Dernièrement, n'a-t-on pas voulu faire marcher votre cocher, parce qu'il vous attendoit à la porte d'un malade, place St. Michel ?

CASSANDRE.

Ce sont de mauvaises plaisanteries. Il est bien aisé de distinguer mon carosse d'un fiacre : quand j'y monte, je n'y mets qu'une bête.

NÉRINE.

C'est vrai.... Mais je vous conseille de ne point vous arrêter sur place.

CASSANDRE.

Adieu, ma Colombine; je me sauve.

NÉRINE.

Songez à sauver vos malades ; c'est ce que vous avez de mieux à faire.

SCENE II.

NÉRINE, COLOMBINE.

COLOMBINE.

ARLEQUIN va venir; as-tu fait préparer son café, Nérine ?

NÉRINE.

Et j'ai fait remplir le sucrier. Arlequin est sans doute un bon parti, mademoiselle ?

AIR : *Dame, ma mère, est-c'que j'sais çà ?*

C'est le plus beau brun du monde:
Il tient magasin d'esprit;

En traits malins il abonde,
Et de son mérite il vit;
Mais un défaut contribue
A gâter ces talens-là.

C O L O M B I N E.

Il n'a pas frappé ma vue.

N É R I N E.

Est-ce qu'une amante voit ça?

Mais monsieur votre père, qui n'est pas amoureux d'Arlequin, ne l'a que trop bien remarqué. Il vous ruinera en sucreries.

C O L O M B I N E.

Eh bien ! est-ce un si grand défaut que la friandise ?

AIR : *Pourriez-vous bien douter encore ?*

Entre mille objets faits pour plaire,
Le friand sait encor choisir,
Et son cœur, que le goût éclaire,
Economise le plaisir.
Il réunit délicatesse,
Art de jouir, discernement.
Qu'elle est heureuse la maîtresse
Qui possède un pareil amant!

N É R I N E.

Oui, mais préférer des bonbons à son amante, voilà la friandise que je blâme, et dont je veux le corriger.

C O L O M B I N E.

Eh bien, j'y consens; mais sur-tout qu'il n'arrive aucun mal à mon cher Arlequin !

N É R I N E.

Mon dieu, ne craignez rien. Hier, j'avois laissé sur le buffet une assiette pleine de biscuits; quand M. Arlequin fut sorti, je trouvai bien l'assiette, mais les bis-

cuits n'y étoient plus : il sera aussi gourmand aujour-
d'hui qu'hier ; c'est là-dessus que j'ai bâti mon plan.

COLOMBINE *rangeant les biscuits.*

C'est pour toi que je les arrange:
Viens prendre, cher amant, ces fruits,
Ces bonbons à la fleur d'orange,
Ces macarons et ces biscuits.

NÉRINE.

Sur-tout secondez-moi bien ; jouez la douleur,
l'effroi, le saisissement.

COLOMBINE.

Laisse-moi faire ; ce sont là les passions de la tragédie,
et c'est mon métier. Mais explique-moi ton projet.

NÉRINE.

Volontiers : il faut donc vous dire que quand M.
Arlequin sera venu....

AIR *des Fraises.*

Mais dans l'escalier j'entends
Marcher d'un pas agile :

COLOMBINE.

Ah! c'est l'objet que j'attends,
Quel plaisir !

NÉRINE.

Quel contre-tems!
C'est Gille, c'est Gille, c'est Gille.

SCENE III.

LES PRÉCÉDENS, GILLE.

GILLE *présentant un bouquet à Colombine.*

AIR : *Pour la Baronne.*

MADEMOISELLE,
J'offre ces fleurs à vos vertus:
Ecoutez un amant fidèle,
Et bientôt vous ne serez plus
Mademoiselle.

NÉRINE.

(9)

NÉRINE.

Eh bien, monsieur Gille, on vous écoute, et dès
demain, mademoiselle sera madame..... Arlequin.

GILLE.

Ce petit fripon est mon rival! je le tuerai.

NÉRINE.

Ah! monsieur Gille!

AIR : *J'avois toujours gardé.*

Vouloir tuer votre prochain!
Que votre ame est méchante!
Du moins avant, de médecin,
Prenez une patente.

GILLE.

Tout son sang coulera.

COLOMBINE.

Ah! je tremble!

NÉRINE.

N'ayez pas peur; monsieur Gille ne tire du sang
qu'à ses malades.

AIR *du vaudeville des Visitandines.*

Les médecins, sans la perruque,
Jadis n'osoient se faire voir:
Depuis les pieds jusqu'à la nuque,
Ils étoient affublés de noir;
Mais enfin, de ces mascarades,
Ces messieurs ont senti l'abus,
Et d'avance ils ne veulent plus
Porter le deuil de leurs malades.

GILLE.

Point de propos, mademoiselle; je pourrois vous
prouver que je suis courageux. C'est qu'il ne faut

B

pas me remuer les humeurs ! non, je suis très-bilieux, oui. Donnez-moi l'adresse du citoyen Arlequin ; j'irai le trouver.

NÉRINE.

Ce n'est pas la peine ; le voici.

SCENE IV.

LES PRÉCÉDENS, ARLEQUIN.

GILLE.

ADIEU, mademoiselle ; j'ai un malade qui m'attend.

AIR : *Accompagné de plusieurs autres.*

Je suis votre humble serviteur.

(*Il heurte Arlequin qui entre.*)

Hélas ! mille pardons, monsieur :
Vous n'êtes point blessé, j'espère ?

ARLEQUIN.

C'est une bagatelle ; eh ! mais
Expliquez-moi pourquoi je fais
Evacuer l'apothicaire.

GILLE.

AIR *des Trembleurs.*

Comment ! quelle est cette audace ?
Je ne quitte point la place.

ARLEQUIN.

Tu me regardes en face,
Quand ton art te l'interdit.

GILLE.

Garde-toi de ma colère,

Car, loin d'être débonnaire,
Gille a reçu de sa mère
Autant de cœur....

ARLEQUIN.

Que d'esprit.

C'est-là ce qu'on appelle une riche succession !

GILLE....

Si je n'étois retenu par la présence de ces dames...?
Mais je reviendrai, je veux avoir une explication.

ARLEQUIN.

Avec moi ?

GILLE.

Non ; avec le père de mademoiselle.

SCENE V.

LES PRÉCÉDENS, hors GILLE.

COLOMBINE.

J'ESPÈRE, mon bon ami, que vous n'êtes pas jaloux ?

ARLEQUIN *déclamant*.

Moi ! jaloux ! si je l'étois jamais.... ce ne seroit pas
de monsieur Gille.

COLOMBINE.

Et vous auriez raison, mon bon ami ; car il semble
être venu exprès ici pour recevoir son congé.

ARLEQUIN.

Que dites-vous ?

COLOMBINE.

Que mon père consent enfin à notre union.

NÉRINE.

Et que je vais servir le déjeûné dans un instant.
(*Elle sort*).

ARLEQUIN.

Sango démi ! que de biens à-la-fois !

SCENE VI.

ARLEQUIN, COLOMBINE.

ARLEQUIN *appercevant les biscuits.*

AIR : *La Comédie est un miroir.*

QUAND ici je suis avec toi,
Je sens doubler ma friandise,
Et les objets que j'apperçois
Partagent mon ame indécise.

(*Lorgnant alternativement l'assiette des biscuits
et le fichu de Colombine.*)

Ce que je lorgne en tapinois,
Me présage le bien suprême.

(*Ayant alternativement la main vers l'assiette et
vers le fichu.*)

Que n'y puis je porter les doigts !
Je toucherois tout ce que j'aime.

COLOMBINE *se plaçant à l'extrémité du
théâtre.*

Allons, placez-vous à côté de moi.

ARLEQUIN *semblant regretter de s'éloigner
du buffet.*

Là-bas ?

(13)

C O L O M B I N E.

Oui.

A R L E Q U I N *s'asseyant.*

M'y voilà.

AIR : *Lise, ce que je desire.*

Si, de l'aveu de ton père,
Demain je dois t'épouser,
Aujourd'hui crains-tu, ma chère,
De m'accorder un baiser?

C O L O M B I N E.

Ah! par quelle fantaisie
Anticiper sur ton bien?
Crois-moi, plus d'économie:
Demain tout, aujourd'hui rien.

(Pendant ce couplet, Arlequin s'approche du buffet, et tire après lui la chaise de Colombine).

Qu'est-ce que vous faites donc là?

A R L E Q U I N.

C'est que le soleil darde de ce côté.

C O L O M B I N E.

Avez-vous peur qu'il vous gâte le teint?

A R L E Q U I N.

Point du tout, je ne suis pas petit-maître. Mais
vous, ma Colombine?

AIR : *Colinette au bois s'en alla.*

Revenons à notre baiser;
Tu ne peux me le refuser.

C O L O M B I N E.

Ta la deri dera, etc.

A R L E Q U I N.

Colombine, sur mon amour,
Ne peux-tu m'avancer un jour?

C O L O M B I N E.

Ta la deri dera, etc.

ARLEQUIN.

Si tu refuses, j'en mourrai.
Ah! qu'Arlequin te sauroit gré
De ce petit à-compte!

COLOMBINE.

Ta la déri dera, etc.

ARLEQUIN *parlant.*

Donne-le moi, je t'en prie, ma Colombine.

Chantant.

Je te le rendrai
Pour l'escompte,
Je te le rendrai.

(*Arlequin approche toujours sa chaise du buffet,
et tire après lui Colombine*).

COLOMBINE.

Mais où me conduisez-vous donc?

ARLEQUIN.

C'est que les voisins nous voient par cette fenêtre;
et l'on ne peut pas causer à son aise.

AIR: *Abandonné d'une infidelle.*

Ou: *Ainsi jadis un grand Prophéte.*

En vain, par un malin sourire,
Tu sembles dédaigner mes vœux;
Je ne sais quoi semble me dire
Qu'ici j'aurai ce que je veux.
Oui, dans mon ame rebutée,
Je brave tes refus constans:
Ici tout est à ma portée,
Et sans plus demander, je prends.

(*Il prend à-la-fois un baiser à Colombine et un
biscuit sur l'assiette, et Colombine ne paroit s'ap-
percevoir que du baiser.*

COLOMBINE.

En vous y prenant de cette façon, on ne peut rien
vous refuser.

ARLEQUIN, *la bouche pleine, voudroit et ne peut parler.*

Hou, hou, hou.

COLOMBINE.

Qu'est-ce que vous dites?

*Même jeu d'*ARLEQUIN.

Hou, hou, hou.

COLOMBINE.

Eh bien, vous ne parlez plus?

AIR : *Amant frivole et volage.*

Quoi! vous perdez la parole?
Répondez donc, s'il vous plaît:
D'un amant léger, frivole,
Ah! voilà bien le portrait:
Quand le desir le commande,
Rien n'égale son caquet:
Mais a-t-il ce qu'il demande,
Alors il reste muet.

ARLEQUIN *achevant d'avaler.*

C'est que le sentiment nuit à l'expression.

COLOMBINE.

Mais Nérine tarde bien à apporter le déjeûné; il est tard, vous devez avoir faim?

ARLEQUIN.

Vous vous moquez; que peut-on desirer auprès de vous? Ce que je viens de goûter m'a fait perdre l'appétit.

SCENE VII.

LES PRÉCÉDENS, NÉRINE *apportant le café.*

NÉRINE.

MADEMOISELLE, voici votre café.

ARLEQUIN.

Le café! ah! mon dieu, si j'en prends, c'est uniquement pour vous tenir compagnie.

AIR : *Sans dépit, sans légèreté.*

De bien des époux languissans
Il faut ranimer la tendresse;
Mais, sans café, moi je me sens
Eveillé près de ma maîtresse.

Comment trouvez-vous cet in-promptu? Encore une tasse, s'il vous plaît.

NÉRINE.

AIR : *L'avez-vous vu, mon bien-aimé?*

Mais avez-vous vu mes biscuits?
L'assiette en étoit pleine.

ARLEQUIN.

Eh! mais laissez-là vos biscuits....
Vous dites donc, ma reine....

NÉRINE.

Sur l'assiette j'en ai mis dix;
A quatre les voila réduits.

COLOMBINE.

Que nous importe ces biscuits?
Quels discours sont les vôtres?

ARLEQUIN.

Eh bien! c'est moi qui les ai pris;
On peut en avoir d'autres.

NÉRINE.

NÉRINE.

Vous, monsieur? Ah! grand dieu! quel malheur!

ARLEQUIN *effrayé.*

AIR : *En quatre mots.*

Que dites-vous? ô ciel!

NÉRINE.

Monsieur, je dis
Que nous avons dans ce logis
Force rats et souris.
Or, j'ai fait, pour les détruire,
De l'arsenic introduire
Dans lesdits biscuits.

COLOMBINE.

Ah! juste ciel! c'est lui qui les a pris!

ARLEQUIN.

Voilà mes jours finis.

NÉRINE.

Eh! oui, monsieur, finis;
Car enfin l'arsenic est pis
Qu'eau-forte et verd-de-gris.

ARLEQUIN.

Ah! je suis mort! (*Il se jette dans un fauteuil*).

COLOMBINE *se jetant dans un fauteuil à
l'extrémité opposée.*

Cher amant! je te suis.

ARLEQUIN.

A mon secours, Nérine.

COLOMBINE.

Nérine, je me meurs.

NÉRINE.

A qui des deux courir?

COLOMBINE.

Donne-moi ces funestes biscuits. Tu m'arrêtes, cruelle!

C

SCENE VIII.

Les Précédens, CASSANDRE.

CASSANDRE *en entrant.*

Air : *J'ai vu la Meûnière.*

Je vous en fais mon compliment,
Vous avez su lui plaire ;
J'ai donné mon consentement,
Pour sceller votre engagement ;
  J'ai vu le notaire.

ARLEQUIN.

Ouf !

CASSANDRE.

Il vient à l'instant.

Ce n'est pas tout, j'ai passé chez le traiteur pour commander un petit repas de fiançailles : nous aurons un émincé d'aloyau.

ARLEQUIN.

Hélas !

CASSANDRE.

Une omelette soufflée.

ARLEQUIN.

Ah ! mon dieu !

CASSANDRE.

Et je n'ai pas oublié le macaroni, mon petit ami !

ARLEQUIN.

Vous m'arrachez l'ame !

CASSANDRE.

Je suis venu vous conter exprès tout cela pour vous
égayer un peu ; je cours chez mes malades.

AIR : *Allez-vous-en, gens de la noce.*

Je remonte vîte en carrosse
Pour être plutôt en ces lieux.
Cette félicité précoce
Doit vous rendre le cœur joyeux.
   O jour heureux !

ARLEQUIN.

O jour affreux !
Renvoyez les gens de la noce ;
Hélas ! je n'ai plus besoin d'eux.

(*Arlequin fait des contorsions et pousse des cris*).

CASSANDRE.

Eh mais, Colombine, qu'est-ce que cela veut donc
dire ?

COLOMBINE.

Hélas ! mon père !

CASSANDRE.

Nérine.

NÉRINE.

Ah ! monsieur !

ARLEQUIN.

C'en est fait, monsieur Cassandre, vous n'avez plus
de gendre.

CASSANDRE.

AIR : *Le petit mot pour rire.*

O ciel ! qu'est-il donc arrivé ?
Quand son bonheur est achevé.
Il se plaint et soupire ?

NÉRINE.

Quoi ! vous n'avez pas deviné ?

ARLEQUIN.

Hélas! je suis empoisonné!

CASSANDRE.

Il a toujours (*bis*) le petit mot pour rire.

Je le vois, c'est une tragédie que vous répétez.

COLOMBINE.

Non, mon père, ce n'est pas ici un poison de théâtre.

ARLEQUIN.

La belle invention! vouloir détruire les rats avec de l'arsenic dans des biscuits, et m'exposer à les manger! Maudite servante!

NÉRINE.

Je vous réponds, monsieur Arlequin, que cela ne m'arrivera plus.

ARLEQUIN.

C'est fort aisé à dire; moi, je vais mourir pour cette fois-ci.

CASSANDRE.

Mais je ne conçois point....

ARLEQUIN.

Hélas! mon cher beau-père, rappelez-vous cet âne qui mourut de faim entre deux mesures d'avoine.

Air : *Sur-tout que les propriétés.*

Ainsi que cet âne indécis
Entre deux mesures égales,
J'avois ma belle et les biscuits
A de semblables intervalles.
L'âne rendit l'ame autrefois;
Moi, je vais aujourd'hui la rendre;
Lui, pour n'avoir pas fait de choix;
Moi, pour avoir voulu tout prendre.

CASSANDRE.

Eh bien, mes chers enfans, il ne faut pas se désespérer. Si vous êtes empoisonnés, songez que vous êtes avec un médecin.

ARLEQUIN.

Un médecin! ah! je suis mort!

CASSANDRE.

Oui, mon fils; mais vous aurez du moins la consolation de mourir avec tous les secours de l'art.

COLOMBINE.

Ah! mon pauvre Arlequin! quelle catastrophe!

ARLEQUIN.

Quel dénouement, ma chère Colombine!

CASSANDRE.

Voyons, mon bon ami, donnez-moi votre pouls. Dites, ne sentez-vous pas courir dans vos veines

AIR : *Lubin dit qu'il vous aime.*

Certaine humeur peccante?

ARLEQUIN.

Oui, monsieur le docteur.

CASSANDRE.

La poitrine brûlante?

ARLEQUIN.

Oui, monsieur le docteur.

CASSANDRE.

La tête un peu pesante?

ARLEQUIN.

Oui, monsieur le docteur.

CASSANDRE.

Petite fièvre ardente?

ARLEQUIN.

Oui, monsieur le docteur.

CASSANDRE.

Fort bien, m'y voilà. C'est du poison. Monsieur aura mangé de l'arsenic dans des biscuits. Il n'y a pas un instant à perdre; le moindre retard peut faire empirer

le mal : c'est pourquoi je vais vous expliquer la nature
de vos douleurs ; elles sont occasionnées par trois
causes ; la première.... Il faut que cette Nérine ait été
bien étourdie pour faire un pareil quiproquo ! Je la
chasserai.

COLOMBINE.

Eh! mon père! c'est son mal qu'il faut chasser.

CASSANDRE.

Oui.... oui.... Je crois que le meilleur remède seroit
une consultation avec monsieur Gille, mon estimable
confrère.

ARLEQUIN.

Mon rival! il me tuera, beau-père?

CASSANDRE.

Ni plus ni moins qu'un autre ; va le chercher, Nérine.

NÉRINE.

J'y cours ; mais je n'irai pas bien loin. On diroit
qu'il a flairé le malade.

SCENE IX.

LES PRÉCÉDENS, GILLE.

GILLE.

AIR : *Ton humeur est, Catherine.*

JE viens ici, vieux Cassandre,
Pour vous demander raison.
Ce matin, pour votre gendre,
Vous m'aviez choisi, dit-on :
Laissons l'Arlequin futile
A son aise courtiser.
En ma qualité de Gille,
Je suis fait pour épouser.

N É R I N E.

Monsieur se rend justice.

C O L O M B I N E.

Ah! monsieur Gille, il n'est plus question de mariage; regardez votre malheureux rival, il a mangé de l'arsenic dans des biscuits; il va mourir.

G I L L E.

Il va mourir! c'est bien heureux pour lui. Je lui aurois coupé les oreilles.

AIR : *Tous les Bourgeois de Chartres.*

Ah! c'est que je suis crâne,
Monsieur le moribond!
Jaloux comme Orosmane,
Comme lui furibond.

N É R I N E.

Oh! le hardi poltron !

C A S S A N D R E.

Mon cher, point de chicane.

A R L E Q U I N.

Ah! grand dieu! me voir insulté
Par Gille! c'est en vérité
Le coup de pied de l'âne.

C A S S A N D R E.

Eh! mon cher confrère, nous nous devons tout entiers au soulagement du malade. Tàtez-lui le pouls, et consultons.

G I L L E *tout en tâtant le pouls.*

A la bonne heure : mais c'est que, moi, je ne dois pas oublier mon intérêt. Arlequin va mourir ; il ne peut épouser ma maîtresse, et comme le mort saisit le vif, mademoiselle Colombine m'appartient.

A R L E Q U I N.

Eh bien, mon pauvre Gille?....

Air : *Faut attendre avec patience.*

A te la céder je m'engage,
Si tu me sauves du trépas.
Alors, dans ton petit ménage,
Le bonheur suivra tous tes pas :
Colombine sera ta femme,
Puisque tu seras son mari.
Et de monsieur, et de madame,
Moi, je serai toujours l'ami.

CASSANDRE *pesamment.*

Nous reconnoissons en médecine plusieurs contre-poisons : l'huile, le lait.... Mais celui qui m'a toujours paru le plus efficace, parce qu'il peut être pris en plus grande abondance, c'est l'eau. Venez donc tous m'aider à apporter ici la belle fontaine de grès que j'ai dans ma cuisine, pour qu'avec un entonnoir nous puissions travailler à soulager les entrailles de monsieur.

GILLE.

Concédo.

COLOMBINE.

Allons, mon cher Arlequin, ce ne sera rien.

SCENE X.

ARLEQUIN *seul.*

Air : *On compteroit les diamans.*

Une fontaine ! un entonnoir !
Hélas ! au fond de la rivière,
Le docteur, à ce qu'on peut voir,
Puise sa pharmacie entière ;
Mais je m'abandonne à ses soins,
Au remède qu'il me fait taire :
Je n'ai pas à craindre du moins
Un quiproquo d'apothicaire.

Me voilà seul ; ma terreur redouble. (*grelottant*). Comme je tremble ! Oh ! oh ! c'est le froid de la mort qui me saisit. Ciel ! me faut-il mourir de la mort des rats ? Pauvre Arlequin ! on t'avoit prédit dans ton enfance que tu mourrois par excès de gourmandise : tu avois toujours pensé que ce seroit d'une indigestion ; voilà la prédiction accomplie, et tu n'as pourtant presque rien mangé. Je n'ose me regarder au miroir ; je parie que je suis déjà pâle comme un mort. Cette pauvre Colombine ! elle portera mon deuil, j'en suis sûr.

.Air *de la Soirée orageuse.*

Il me semble déjà la voir
En crêpe, en fleuret, en batiste ;
Sous cet attirail blanc et noir,
Ah ! bon dieu, qu'elle paroît triste !
Hélas ! les pleurs qu'elle répand
Doivent partir du fond de l'ame,
Puisqu'elle est, par mon accident,
Veuve avant d'avoir été femme.

De ma vie, hélas ! c'en est fait ;
Je touche au dernier paragraphe ;
Mon épithalame étoit prêt :
Faut-il faire mon épitaphe ?
Vous verrez donc au même instant,
Mes amis, l'étrange assemblage
De mes billets d'enterrement,
De mes billets de mariage.

Personne ne revient. Peut-on ainsi abandonner un pauvre homme à l'agonie ? Ah ! les voilà.

SCÈNE XI.

CASSANDRE, GILLE (*apportant une fontaine*), NÉRINE, COLOMBINE, ARLEQUIN.

CASSANDRE.

Eh bien, mon bon ami, comment vous trouvez-vous ?

ARLEQUIN.

Ah ! Docteur, il faut que je sois bien bas, car je ne sens pas mon mal.

D

CASSANDRE.

Mauvais signe. Allons, vîte au remède. (*On lui entonne une pinte d'eau.*)

AIR : *Un chanoine de l'Auxerrois.*

Il faut se faire une raison :
Mon fils, de ce contre-poison
L'efficace est notoire.

GILLE.

Mais il faut en prendre à foison :
Sur le mal, de cette façon,
Nous aurons la victoire.

ARLEQUIN.

Fais ton métier, triste échanson,
Et laisse-moi là ta chanson.

GILLE.

Et non, non, non,
C'est l'occasion
D'une chanson à boire.

ARLEQUIN.

Hahi ! hahi ! quelle fade médecine ! (*On lui fait boire derechef.*

COLOMBINE.

Du courage, mon ami, du courage !

ARLEQUIN.

Cela vous est bien aisé à dire... Peut-on ainsi faire boire un homme malgré lui ? Vous du moins, M. Gille, vous êtes à l'abri de pareils désagrémens ; car le proverbe le dit : « On ne peut pas faire boire un âne, quand il n'a pas soif ».

CASSANDRE.

Eh ! laissez-là vos citations, mon ami ; le venin est obstiné, il corrode.

ARLEQUIN.

AIR : *Daignez m'épargner le reste.*

Amis, pourrez-vous m'en tirer ?
Parlez-moi franchement, beau-père.

CASSANDRE.

Je commence à désespérer,
Mon fils, s'il faut ne vous rien taire.

ARLEQUIN.

Puisque dans l'état où je suis,
Ma mort vous semble manifeste,
Du moins, messieurs, de ces biscuits
Daignez m'apporter le reste.

CASSANDRE.

Non, non ; attendons tout de la nature... Peut-être
qu'une crise favorable... Ah ! si ce maudit arsenic
n'avoit pas été mêlé dans cette pâte, si vous n'en eus-
siez pas mangé ?...

ARLEQUIN.

Oui, je crois que si je n'étois pas empoisonné, vous
me guéririez... Allons, je vois bien qu'il faut mettre
ordre à mes affaires.

SCENE XII.

LES PRÉCÉDENS, UN CLERC DE NOTAIRE.

LE CLERC.

AIR : *Que ne suis-je la fougère !*

TROISIÈME clerc de notaire,
J'entends fort bien mon état,
Et dans la forme ordinaire
J'ai dressé votre contrat.

A R L E Q U I N.

De vous je veux faire usage:
Serrez précieusement
Ce contrat de mariage,
Et faites mon testament.

L E C L E R C.

Très - volontiers , Monsieur ; vous n'avez qu'à
parler.

A R L E Q U I N.

Air : *Il pleut, il pleut, bergère.*

J'eus pour toute richesse,
Simple et folâtre esprit,
Un cœur plein de tendresse,
Et ce bisarre habit.
Mon cœur fut à ma belle
Jusqu'au dernier soupir:
D'Arlequin puisse-t-elle
Garder le souvenir !

De son amitié tendre,
Pour le remercier,
Je lègue au cher Cassandre
Mes dettes à payer ;
D'un peu d'esprit à Gille
Je voudrois faire don ;
Mais il est inhabile
A la succession.

Parmi mes légataires,
Gardons-nous de passer
Les auteurs, mes confrères :
Que puis-je leur laisser?
A tel d'entr'eux qui pille,
Mon habit convient fort,
Car souvent il s'habille
De pièces de rapport.

CASSANDRE.

Est-ce fait ?

ARLEQUIN.

Hélas! oui... Ce que je vous demanderois à présent, ce seroit de me permettre de faire *un mariage in extremis* avec ma Colombine.

CASSANDRE.

Oh, que non pas! je ne veux pas que ma fille soit veuve *ad honores*. Puisque vous mourez, mon bon ami, puisque voilà Monsieur tout porté avec son contrat, que j'ai payé, et que j'ai d'ailleurs fait tous les frais du festin, je profite de l'occasion pour la marier à Gille.

GILLE.

Ah ! je le savois bien, que je l'épouserois !

ARLEQUIN.

Mais vous n'y pensez pas, beau-père ! c'est pour m'achever.

COLOMBINE.

Quoi, mon père !

NÉRINE.

Vous moquez-vous, Monsieur ?

CASSANDRE *au Clerc de Notaire.*

Point du tout. Allons, Monsieur, prenez votre contrat, effacez le nom d'Arlequin, et mettez-y celui de Gille.

COLOMBINE *tragiquement.*

Arrêtez... Il faut tout vous avouer, mon père.

CASSANDRE.

Quoi avouer ?

COLOMBINE.

Tout ceci n'est qu'un jeu.

CASSANDRE.

Comment! un jeu?

COLOMBINE.

AIR *du vaudeville d'Arlequin.*

Nous voulions corriger monsieur
De sa gourmandise ordinaire;
Mais il peut calmer sa frayeur;
Le poison est imaginaire;
Je badinage iroit trop loin,
Il est tems que la leçon cesse;
Pour qu'elle opère, est-il besoin
Qu'il perde sa maîtresse ?

ARLEQUIN.

Seroit-il vrai ?

NÉRINE.

La preuve, c'est que j'achève de manger les
biscuits.

ARLEQUIN *sautant et embrassant tout le monde.*

Ah, Colombine ! ah, Nérine ! ah, M. Cassandre !

CASSANDRE.

Comment.! Mademoiselle, vous moquez-vous de
moi? M'exposer à voir et à guérir des maux qui
n'existent pas ! Je te chasserai.

NÉRINE.

Eh bien, on me chassoit parce qu'il étoit empoisonné :
on me chasse parce qu'il ne l'est pas. Accordez-vous
donc, Monsieur.

ARLEQUIN.

AIR *du vaudeville du Mari directeur.*

Docteur, quel soin vous occupe ?
Signez, et laissez mon nom.

GILLE.

Mais moi je me trouve dupe,
Messieurs, de cette façon.

ARLEQUIN.

Pour te souffler ta maîtresse,
Arlequin sort du tombeau.

NÉRINE.

Pour les gens de votre espèce,
Ce n'est pas là du fruit nouveau.

VAUDEVILLE.

AIR *du vaudeville de l'Officier de fortune.*

ARLEQUIN.

Mon mal étoit imaginaire;
Mais j'avois pour le soulager
Monsieur Cassandre et son confrère:
Jugez si j'étois en danger!
C'est par une faveur divine
Que j'échappe à leur art fatal;
Pour cette fois, la médecine
A fait plus de peur que de mal.

COLOMBINE.

Pour corriger ta friandise,
Je n'ai voulu que t'effrayer;
Qu'Arlequin jamais ne s'avise,
Pour une autre, de m'oublier;
Au lieu de borner ma vengeance
A te faire peur d'un rival,
Je dois te prévenir d'avance,
Qu'à la peur je joindrois le mal.

CASSANDRE.

De ma fille, aimable et jolie,
Te voilà devenu l'époux;
Mais que ton cœur jamais n'oublie
Que c'est un tort d'être jaloux:

L'époux, qu'anime un esprit sage ;
Ecarte tout soupçon fatal,
Certain que dans le mariage, ,
La peur est pire que le mal.

N é r i n e *au Public.*

De peur son ame étoit atteinte,
Et comme lui trembloit l'auteur ;
Mais l'un éprouve encor la crainte,
Quand l'autre a perdu sa frayeur:
Sa peur vous a-t-elle fait rire ?
Que l'auteur ait un sort égal,
Et comme Arlequin, qu'il s'en tire,
Qu'il ait plus de peur que de mal.

F I N.

COMÉDIES NOUVELLES

Qui se trouvent chez le même Libraire.

Le Château du Diable, comédie héroïque en 4 actes
et en prose, du citoyen Loaisel Tréogathe. 1 l. 5 s.
La Bisarrerie de la Fortune, comédie en 5 actes
et en prose, par le même. 1   10
Le Cousin de tout le Monde, comédie en 1 acte
et en prose, du citoyen Picard. 1   5
L'Apothéose de Beaurepaire, comédie en 1 acte
et en vers, du citoyen Lesur. . . . . » 15
Les Brigands de la Vendée, opéra-vaudeville
en 2 actes et en prose, par le C. Boullaut. 1   5

De l'Imprimerie de Cordier, rue de Sorbonne, dite
rue Neuve Beaurepaire, No 382.

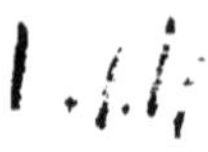